Ute Coltzau & Dirk Scheerle

Coooool

Junge Talente

Impressum

Bibliografische Information der Deutschen Nationalbibliothek:
Die Deutsche Nationalbibliothek verzeichnet diese Publikation in der
Deutschen Nationalbibliografie; detaillierte bibliografische Daten sind im
Internet über http://dnb.dnb.de abrufbar.

© 2022   Autorin: Ute Coltzau
         Autor & Illustrator: Dirk Scheerle
         weitere Texte und Bilder: junge Talente

Herstellung und Verlag: BoD – Books on Demand, Norderstedt

ISBN: 978-3-756206131

Sponsoren...

Dieses Buch wurde gesponsert von:

 Steinhude/Wunstorf

 Kathrin Seibt, Leipzig

 Ratskeller Wunstorf

 Kappe, Hagenburg

 Wunstorf-Großenheidorn

Vielen Dank!

...und Unterstützer

Dieses Buch wurde unterstützt von:

 Bad Nenndorf

 Rodenberg

Vielen Dank!

Inhaltsverzeichnis

Danksagung

Ich danke

Jana Bruhne, die die umfangreiche Zusammenstellung meiner Geschichten und der Bilder bewerkstelligt hat

Dirk Scheerle, in dem ich den idealen Illustrator und Co-Autor für meine Geschichten gefunden habe

Lukasz Pochylski, der mir in technischen Fragen immer mit Rat und Tat zur Seite stand und manchmal auch spontan mit einer Idee.

Über die Autorin

Ute Coltzau ist eine „Hamburger Deern." Sie wuchs in Hamburg auf, studierte dort Pädagogik und Französisch, um Volks- und Realschullehrerin zu werden, unterrichtete fünf Jahre lang an einer Grundschule, bis sie nach Niedersachsen heiratete. Dort unterrichtete sie an einer Grundschule bis zu ihrer Pensionierung. Nebenbei absolvierte sie an der Volkshochschule ein Certificado in Spanisch. Ihre Hobbys sind Fremdsprachen und das Zeichnen von Cartoons. Seit ihrer Jugend schreibt sie kleine Geschichten, auch in Englisch. Ihr erstes Buch veröffentlichte sie 2018. In ihrem Illustrator und Co-Autor Dirk Scheerle fand sie den idealen Partner, der ihre Geschichten ihren Vorstellungen gemäß feinfühlig begleitet.

Sie ist Witwe und lebt in der Region Hannover.

Über den Autor und Illustrator

Dirk Scheerle ist ein „Schwabenkind". Seine Kindheit verbrachte er in verschiedenen Regionen Deutschlands. Nach der Mittleren Reife begann er Ende 1975 sein berufliches Leben bei der Polizei in Niedersachsen. 31 Jahre lang war er als so genannter Polizeizeichner bis zu seiner Pensionierung tätig. Sein weiteres Herzblut entwickelte sich im Bereich der Wahrnehmung des Menschen in all ihren Facetten. Er hält darüber Vorträge und widmet sich dem Zeichnen und der Malerei. Als Ausgleich entdeckte er für sich die Faszination des Wanderns. Bücher mit Illustrationen begleiten zu dürfen ist seine weitere Leidenschaft geworden. In den Geschichten der Autorin Ute Coltzau fand er die geniale Möglichkeit, seine Bilder sprechen zu lassen.

Er ist verheiratet, hat zwei erwachsene Kinder sowie zwei Enkelinnen und lebt in der Region Hannover.

Vorwort

Ein kurzweiliges, vergnügliches Buch mit Geschichten
und Zeichnungen, die berühren, auch weil sie nicht nur
von älteren, sondern auch von jungen Menschen gefertigt
wurden. Hier bewahrheitet sich, was Picasso schrieb:
„Als Kind ist jeder ein Künstler. Die Schwierigkeit liegt
darin, als Erwachsener einer zu bleiben."

Dr. Jacques Schuster
Ressortleiter Politik / Chefkommentator
WELT und WELT am Sonntag

Coooool

„Oma und Opa" – Zeichnung von Mia Görs, 4 Jahre

Dieses Buch ermöglicht das Eintauchen in eine Welt, welche die Erwachsenen zunehmend aus den Augen verlieren.

Die Wahrnehmung mit Kinderaugen ist ein Geschenk. Und vielleicht helfen diese Geschichten von Groß und Klein dabei, sich zu erinnern.

Und auch die Omas und Opas werden sich in der einen und anderen Geschichte wiederfinden dürfen.

Und wie toll wäre es beim Lesen, wenn ab und zu ein zutiefst empfundenes „Coooool" unserem Mund entweicht...

Ihr
Dirk Scheerle

Knecht Ruprecht

Text und Bild von Dirk Scheerle

Es war wieder soweit, am Nikolaustag holten wir als brave Oma und braver Opa unsere Enkelinnen Emma und Mia von der Schule und vom Kindergarten ab.

Überglücklich rannten sie auf uns zu und überhäuften uns mit ihren umfangreichen Erlebnissen.

Die Rückfahrt zu unserer Wohnung war somit sehr kurzweilig. Das Auto war nur so erfüllt von einem wilden Geschnatter der beiden Mädels.

Lotte – die Beagledame in der Hundebox hinten – kauerte sich noch mehr zusammen und klappte ihre Hängeohren ganz dicht an den Kopf, um nicht durch die hohen Stimmen Tinnitus zu bekommen.

Zuhause angekommen gab es die heiß geliebten Spaghetti mit Tomatensoße.

Mia erzählte uns mit vollem Mund und die Nudeln schwingend, dass der Nikolaus im Kindergarten war.

Ich fragte: „Knecht Ruprecht auch?" Mia darauf nur ganz kurz: „Nö!"

Emma jedoch fragte mampfender Weise und mit sehr interessiertem Blick:

„Wer ist Knecht Ruprecht?"

Daraufhin erzählte ich den Mädels dann folgendes:

„Knecht Ruprecht ist der Helfer vom Nikolaus.

Ich erinnere mich noch an meine Kindheit, da kam der Nikolaus auch in unseren Kindergarten. Bei ihm war der unheimlich wirkende Knecht Ruprecht. Während der Nikolaus sich im Stuhlkreis zu den lieben Kindern setzte, hockte sich Knecht Ruprecht zu den unartigen Kindern. Nun ratet mal, wer damals neben Opa saß?"

Emma schaute mich nachdenklich an und antwortete:

„Der Nikolaus?"

Ich schmunzelte und sagte:

„Nein! Da ich nicht artig war, saß Knecht Ruprecht neben mir. Er schaute mich von oben herab mit ganz strengem Blick an."

Daraufhin kam Emmas spontane Antwort:

„COOOOOOOL!!!!!"

Pia Beermann, 13 Jahre

Mathildas Engel

Geschichte von Loni Brambor

Mathilda nervt schon den ganzen Morgen. Ich habe sie vor den Fernseher gesetzt und bereite das Mittagessen vor.

„Mama, schon wieder ein Engel!" ruft meine Tochter. Sie kommt in die Küche gelaufen. „Mama, Du hast gesagt, ich darf mir etwas zum Geburtstag wünschen, ich wünsche mir einen Engel."

Entschlossen steht sie vor mir. Nächste Woche wird sie vier Jahre alt und sie kann sehr fest auf ihrer Meinung bestehen.

„Gut" sage ich, „wir gehen zum Weihnachtsmarkt, dort gibt es viele Engel." Mathilda jubelt.

Wir ziehen uns warm an und gehen los. Es ist nur drei Straßen weiter. Noch ist nicht viel los. Uns umbrandet Weihnachtsmusik. Es duftet nach Vanille, Zimt, Rotwein und Bratwurst. Bei der ersten Bude werden Holzfiguren angeboten. Ein 20 cm großer Engel ist besonders schön. „Guck mal." Ich ziehe Mathilda an den Tresen und zeige ihr den Engel. „Doch nicht aus Holz, Mama." Wir ziehen weiter zu einer Weihnachtskrippe, die von mannshohen

Engeln flankiert wird. Mathilda bleibt stehen. „Sehen so alle Engel aus?"
fragt sie, wartet die Antwort aber gar nicht ab.

Sie hat ein buntes Karussell entdeckt. „Mama, darf ich fahren?" Schon
zieht sie mich zur Rampe rauf zum Kartenhäuschen. Was geschieht ist wie
ein Alptraum: Mathilda stolpert, fällt und rutscht unter dem Geländer in die
Tiefe. Ich schreie. Meine Tochter fliegt in die Arme eines großen schwarz
angezogenen Mannes, der sich ihr entgegenwirft. Ich laufe die Rampe hin-
unter zu Mathilda, schließe sie schluchzend in die Arme.

Meine Augen suchen den Mann. Er ist nicht zu
sehen. „Oh Gott, Mathilda, da hast Du aber
einen Schutzengel gehabt." Mein Kind brei-
tet die Arme aus und hebt sie ganz hoch. „So
groß und so dicht und so warm sind Engel,"
sagt sie mit leuchtenden Augen. „Jetzt will ich
zum Geburtstag doch lieber eine Puppe – einen
Engel habe ich ja jetzt schon."

schutzengel

Marieke Ritter, 13 Jahre

Fabia Fernandez, 15 Jahre

Carlo lässt staunen

Text von Ute Coltzau, Bild von Dirk Scheerle

Frische, fröhliche Kinderstimmen in meinem Kopf. Sind sie erst einmal dort, werden sie schnell zur Realität. „Ute Auto blau" (Julia, 3 Jahre alt), „Hier mein Dinosaurier" (Niklas, 4 Jahre alt), „Hallo Ute!" (Melina, 2 Jahre alt).

Eigentlich begann die Geschichte dieser Zeichnung mit der Bibel, die ich las. Matthäus berichtet, dass Jesus in seiner Bergpredigt sagte: „Selig sind, die reinen Herzens sind, denn sie werden Gott schauen." (Matthäus 5:8)

An anderer Stelle wird berichtet, dass er Kinder um sich versammelt und den Erwachsenen gesagt hat: „Werdet wie die Kinder!"

Beschwingt ergriff ich die Papiertüte, die bis zum Rand mit alten Zeitungen und allen möglichen Zetteln gefüllt war, und lief zu den Papiercontainern, die in der Nebenstraße neben drei Glascontainern stehen. Da sah ich einen kleinen Jungen mit einem Fahrrad herankommen. Er holte aus einer Tragetasche sechs Gläser und warf sie in die dafür bestimmten Container, die weißen in den weißen, die grünen in den grünen und die braunen in den braunen Container.

Als ich näherkam, sah er mich an, und wir sagten: "Hallo!" Ich griff in meine Papiertüte, holte einen Stapel Papiere heraus und steckte alles in den Schlitz des Papiercontainers. Danach wollte ich den Deckel eines Pappkartons herausnehmen. Er riss aber mehrere Zeitungen mit sich, und alle landeten auf der Erde, andere Zettel flogen durch die Luft. Ich rief: „Ach du meine Güte!" und starrte entsetzt zu Boden.

Da kam der kleine Junge angelaufen und rief: „Kann ich Ihnen helfen?" Das hatte ich von diesem kleinen Kerlchen nicht erwartet, aber ich nahm freudig an! So bückten wir uns beide und sammelten meinen Papiermüll auf. Dann steckten wir ihn in den Schlitz.

Ich bedankte mich sehr herzlich und fragte nach seinem Namen und seinem Alter. Er sagte: „Ich heiße Carlo und bin 6, und ich wohne in Nr. 15 auf der großen Straße." Ich staunte: „Und du fährst ganz alleine so weit zu diesem Container? Toll! Du bist ja ein richtig großer Junge." Nun wollte er wissen, wo ich wohne. Ich sagte: „Ich wohne auch in Nr. 15, aber da drüben", und ich deutete auf das Haus, in dem ich wohne. Dann gab ich ihm 2 Euro als Dankeschön.

Unser Gespräch war ganz kindlich, aber seine Frage: "Kann ich Ihnen helfen?" war geistig riesengroß und deutete auf die reine Kinderseele, die Jesus gemeint hatte, und sicher auch auf ein wunderbares Elternhaus.

Und plötzlich erklang in meinem Kopf die Stimme einer Sechsjährigen, die zu ihrem Opa gesagt hatte: „Wenn Ute meinen Hund so gerne mag, dann schenke ich ihn ihr."

„Was für ein glücklicher Tag ist das!", freute ich mich, setzte mich in mein Auto und stellte das Radio an. Und welches Lied erklang da wohl? „Kinder an die Macht", gesungen von Herbert Grönemeyer.

Dieses Erlebnis musste ich doch sofort meinem Freund Dirk, dem Illustrator dieses Buches, erzählen. Und schon am selben Abend schickte er mir diese entzückende Zeichnung.

Nun musste ich mein Erlebnis nur noch aufschreiben.

Winke winke

Text und Bild von Dirk Scheerle

Es waren einmal fünf Kinder, die auf eine Idee kamen. Sie wollten einfach einmal auf eine Autobahnbrücke und von dort aus allen Autos zuwinken, welche unter ihnen entlangfuhren. Sie sollten sich nämlich darüber freuen.

Also machten sie sich auf den Weg und betraten eine nahe gelegene Brücke über eine sehr viel befahrene Autobahn.

Tatsächlich waren sehr, sehr viele Autos unterwegs. Die Menschen jagten mit unterschiedlichen Geschwindigkeiten ihren Zielen entgegen.
Die Kinder stellten sich also an das Geländer und fingen wie wild an zu winken.

Es war unglaublich zu beobachten, was geschah. Normalerweise beschleichen die Autofahrerinnen und Autofahrern komische Gefühle, wenn oben auf der Brücke Menschen stehen und sie somit nicht wissen, was sie von dort erwarten könnte.

Denn nun passierte etwas:

Die meisten haben total happy zurück gewunken und veranstalteten teilweise sogar richtige Hupkonzerte. Die Menschen in den Autos haben wohl schnell erkannt, dass die Kinder einfach nur wahnsinnige Freude daran hatten zu winken.

Und die Kinder waren tatsächlich so etwas von glücklich. Sie wollten da gar nicht mehr weg von der Brücke, als sie die Reaktionen sahen. Dies war sooooo schön zu beobachten.

Nun packten sie noch ein selbst beschriebenes Spruchband aus, auf dem „GUTE FAHRT" stand.

Kaum war es in Richtung Autobahn ausgebreitet, fing ein Fahrer sogar an, sein Steuer loszulassen und mit beiden Händen zu wedeln.

Eine weitere Fahrerin hupte wie wild und lachte über das ganze Gesicht.

Nun hatten die Kinder doch Sorge, für eine mögliche Massenkarambolage verantwortlich zu werden.

Denn mittlerweile waren fast ausnahmslos winkende Hände und lächelnde Gesichter in den Autos zu sehen.

Einfach toll und wunderschön... mit diesen Eindrücken kehrten die Kinder glücklich nach Hause zurück und konnten es nicht fassen, so viel Freude verbreitet zu haben.

Der Dino-Zug

Text von Marie Matz, 8 Jahre, Bilder von Ben Matz, 6 Jahre

Der Dinozug

Es war einmal ein zug in der zeit der
Dinonosaurieen. In dem zug wahren
ganz viele Dinosaurieer drin. Und da
wahren zwei Dinosaurieer die wahren
Beste freunde. Der eine sagte ich will
hier bei dieser halte stelle aussteigen
Kommst du mit? Neindanke sagte sein
freund. Ich will lieber hier bleiben bis
Später! dan spielte er dort eine weille
der zug war schon weiter gefahren als er
wieder an der halte stelle anhielt wo
er war stieg er wieder in den Zug ein.
Doch er bemerkte nicht das sein
freund ausstieg und der freund auch
nicht! er wunderte sich wo sein freund war
und ging an der nächsten halte stelle
raus aus dem zug. Und suchte seinen freund
aber er fand ihn nicht und als der zug wieder
da anhielt wo er war ging er wieder in den
zug sein freund war schon längst wieder
im zug als er ihn sa! freute er sich
und sie erzählten sich alles und lachten
und dan gingen sie schlafen.

Ende ☆

Mama Bär und kleiner Bär

Text und Bilder von Emma Görs, 7 Jahre

MUTTER UND KIND

ES WAR EINMAL MAMA BÄR
UND KLEINER BÄR. BEIDE GINGEN
SPAZIEREN. MAMA BÄR WOLLTE
GERNE DEN KLEINEN BÄR AN
DIE HAND NEHMEN. DA SAGTE
DER KLEINE BÄR:„ MAMA, ICH
KANN DOCH SCHON ALLEINE
GEHEN!" MAMA BÄR SAGTE:
„DU BIST NOCH ZU KLEIN,
DU KANNST DAS NOCH NICHT!"
DA RANNTE DER KLEINE BÄR
EINFACH WEG. MAMA BÄR
RIEF IHN UND SUCHTE IHN.
KLEINER BÄR IST ZU OMA
UND OPA GERANNT, WEIL ER
DA ZUMINDEST IMMER ALLEINE
GEHEN DURFTE.

2

MAMA BÄR DACHTE AN
OMA UND OPA, WEIL DER
KLEINE BÄR DA IMER ALLEINE
GEHEN DURFTE. MAMA BÄR
GING ZU OMA UND OPA,
DA FAND SIE DEN KLEINEN
BÄR. SIE WAR ÜBERGLÜKLICH
DASS IHM NICHTS PASSIRT IST.

3

DANN GINEN SIE NACH HAUSE,
DER KLEINE BÄR SPIELTE VIDEO-
SPIELE. DANN HATE DER KLEINE
BÄR HUNGER. DANN SAGTE MAMA
BÄR: „WIR KÖNNEN DOCH EIN PICKNICK
AUF DER WIESE MACHEN." „JA!" RIEF
DER KLEINE BÄR. AUF DEM WEG
ZU DER WIESE HAT MAMA BÄR
GESAGT: „KLEINER BÄR JETZT
DARFST DU MIR ZEIGEN, WIE GUT
DU SCHON ALLEINE GEHEN KANNST.
DA RÜBER WAR DER KLEINE BÄR
GANZ GLÜKLICH. BEIDE LIEFEN
MIT DEM PICKNICKKORB AUF DIE
NÄCHSTE WIESE. UND PICKNICKTEN
DA SAGTE KLEINER BÄR: „ENTSCHULL
DIGUNG, DASS ICH AM ANFANG NICH
AUF DICH GEHÖRT HABE. „OH, ALLES
GUT!"   4

Ben Matz, 6 Jahre

Kleiner Bärs Flugreise

Also es war einmal ein Bär, der saß in einem Flugzeug.
Und da flog ein Vogel an ihm vorbei und er sah einen
wunderschönen Regenbogen.
Überall flogen Luftballons.
Er wollte Urlaub in Italien machen.

Geschichte von Ben Matz, 6 Jahre,
aufgeschrieben von Anja Matz am 03.02.2022

27

Text und Bild von Dirk Scheerle

Es kam einmal ein Punkt von fern,
der mochte Kinder schrecklich gern!
Durch den Wind wird er gebracht.
Sieht er Kinder, er dann lacht!

- 1 -

Denn sind diese erst entdeckt,
sich er dort auf der Haut versteckt.
Dort nistet Pünktchen sich dann ein
und bleibt nicht lange ganz allein.

- 2 -

29

Freunde kommen auch dazu
und sie wachsen dann im Nu!
Bald sind sie viele kleine Pocken,
lassen sich nicht mehr fortlocken!

- 3 -

Windpocken verschönern jedes Kind.
Dies schaffen sie doch ganz geschwi
Nicht mehr lange braucht man suchen
sie sehen aus wie Streuselkuchen.

- 4 -

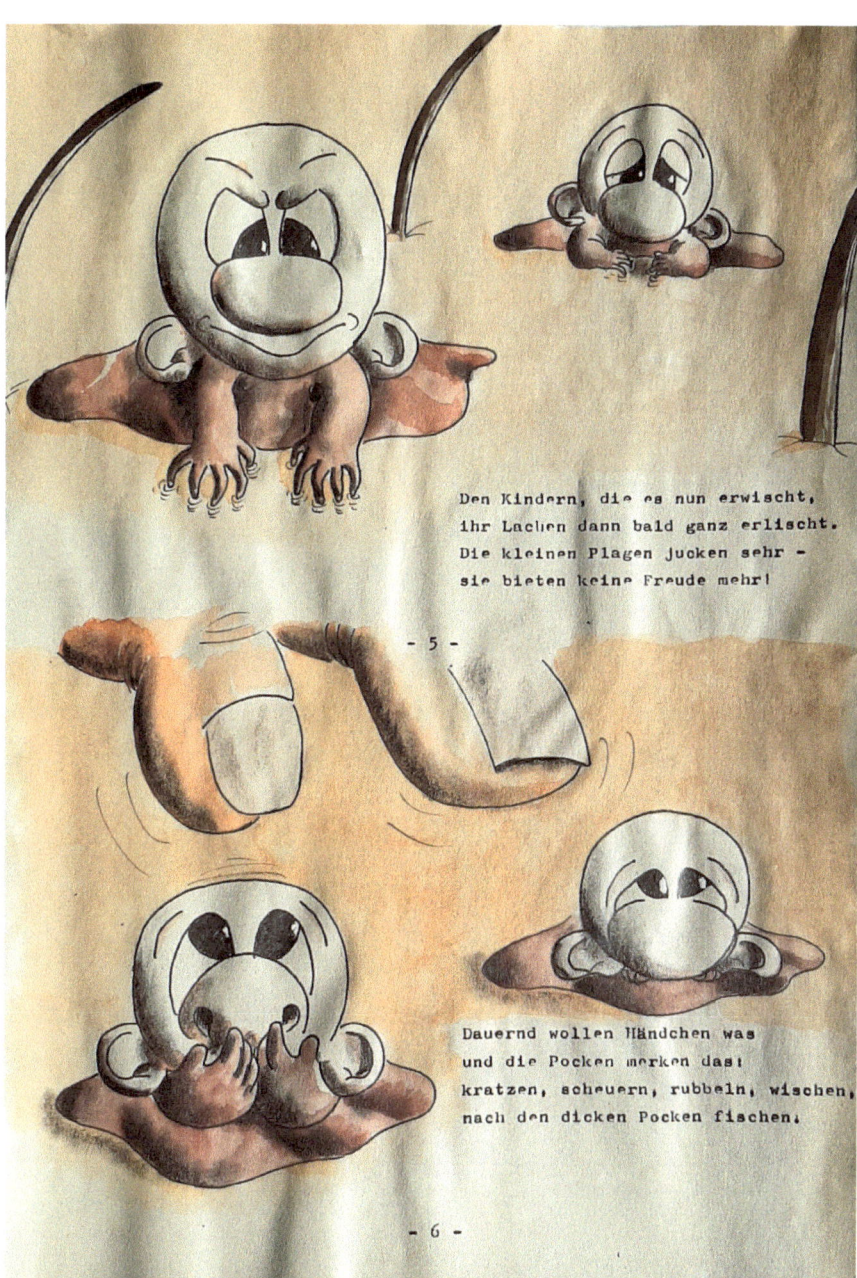

Den Kindern, die es nun erwischt,
ihr Lachen dann bald ganz erlischt.
Die kleinen Plagen jucken sehr -
sie bieten keine Freude mehr!

- 5 -

Dauernd wollen Händchen was
und die Pocken merken das:
kratzen, scheuern, rubbeln, wischen,
nach den dicken Pocken fischen.

- 6 -

Wenn Mama kommt nun mit Tinktur,
setzt an die große Pockenkur,
dann werden alle Pocken traurig;
ihnen geht es dann sehr schaurig!

- 7 -

Sie heulen, jammern, trocknen aus,
verstecken sich im braunen Haus,
welches sie sich schnell erbaut
auf der schönen Kinderhaut.

- 8 -

Windpocken wollten Freunde werden,
doch es kamen nur Beschwerden!
Sind doch gar nicht gern gesehen,
lassen sich darum wegwehen.

- 9 -

Von dem Winde weggeblasen,
lassen sie nicht mit sich spaßen!
Sie suchen viele andere Kinder,
die sie lieben dann nicht minder.

- 10 -

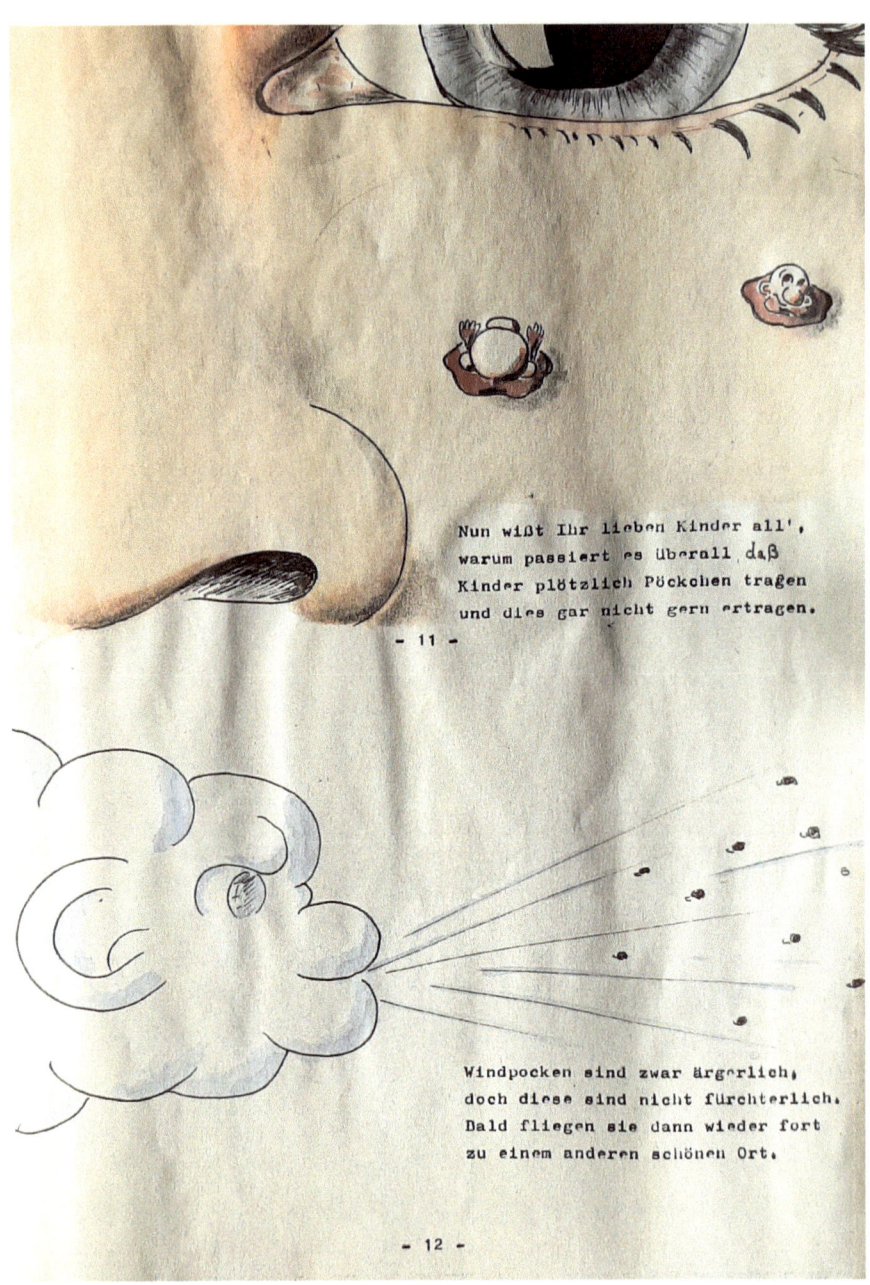

Nun wißt Ihr lieben Kinder all',
warum passiert es überall, daß
Kinder plötzlich Pöckchen tragen
und dies gar nicht gern ertragen.

- 11 -

Windpocken sind zwar ärgerlich,
doch diese sind nicht fürchterlich.
Bald fliegen sie dann wieder fort
zu einem anderen schönen Ort.

- 12 -

Schnupfi

Text und Bild von Dirk Scheerle

Es gibt da etwas Feuchtes und Komisches, welches den Namen Schnupfi hat. Dieser Schnupfi macht etwas mit den Lebewesen, welche sich Menschen nennen.

In seiner gelblich weißen Verkleidung besucht er sie und schleicht sich leise in ihre Nasen.

Diese Zweibeiner fangen dann an zu niesen und zu schnaufen, bis ihre Taschentücher platzen. Sie wollen doch einfach nicht, dass Schnupfi bei ihnen in der Nase wohnt...

Das wäre ja auch noch schöner, es sich dort im Warmen urgemütlich zu machen und damit ein bequemes Taxi zu anderen Nasen zu haben.

Aber Schnupfi bleibt treu und brav in dieser Nase, denn er will einfach nur alle bösen Bakterien verjagen.

Irgendwann, wenn diese seltsamen Zweibeiner die Nasen voll von Schnupfi haben und das Niesen einfach nicht sein lassen, ist es doch soweit: er muss dann einsehen, dass sein Besuch nicht angenehm für sie ist. Er schleicht sich dann still und heimlich davon.

Er tröstet sich damit noch andere Wesen mit solchen Nasen zu finden, welche ihn vielleicht doch mögen und er vielleicht helfen kann...

Sparky klagt an

Text von Kerstin Barthels, Bild von Emily Barthels, 14 Jahre

Hallo mein lieber Freund Theus... ich wünsche Dir auch einen wunderschönen Nikolaus...

Ich habe stark mit der Umstellung zu kämpfen... mit Herrchen gehe ich keinen Meter mehr mit... ich warte auf Frauchen...

Hier sind viele Autos und ich suche einen ruhigen Platz fürs Geschäft... die Kinderzimmer haben noch keine Türen... es ist so laut!

Um 06:50 Uhr kommen schon fremde Männer (Handwerker) und ich muss vorm Keller beim Heizungsraum bleiben, weil die Türen gestrichen werden und meine Haare nicht dran sollen...

An die schöne Flurwand darf ich mich auch nicht legen... dann bin ich einfach vor Frauchens Bettseite eingeschlafen... das war auch nicht richtig!

Das einzige Gute war, dass ich besser an den Biomüll hier komme und heute morgen um 05:50 Uhr schon Pizza essen konnte.

Theus ich drücke Dich, ich werde es wohl irgendwie schaffen!

Zeus, die Liebe auf vier Pfötchen

Text von Ute Coltzau, Bild von Dirk Scheerle

Blaue Augen hat er, und er sieht mich lieb und neugierig an. Und spielen will er und gestreichelt werden, denn er ist jung. Zeus, der Husky. Wie fing es an?

An einem Sonntagmorgen machen mein Lebensgefährte und ich uns auf den Weg zu einem Spaziergang ins Feld. Es ist neun Uhr. Wir sind Frühaufsteher. Spaziergänge sind nicht meine Leidenschaft, aber sie sind Teil meines Sportprogrammes, und sie bieten mir die Möglichkeit, vielen Hunden zu begegnen.

Gerade diesen Weg wähle ich zu dieser Zeit am liebsten, weil gerade jetzt hier viele Hundebesitzer mit ihren Lieblingen unterwegs sind. Und ihre Lieblinge sind auch meine Lieblinge – bis auf wenige Ausnahmen, wenn der Hund „andere Interessen" hat; welche, sieht man oft am Wegesrand, und manch ein Spaziergänger tritt fluchend hinein. Das mindert aber meine Liebe zu diesen liebenswerten Lebewesen keineswegs.

An diesem Morgen ist die Luft feucht. Der Regen hat gerade aufgehört. Nur ein paar Radfahrer sind unterwegs. Die Chance für mich, ein „Hundeküsschen" zu ergattern, scheint gering zu sein.

Doch da... plötzlich... ein Mann mit einem Hund! Mein Herz schlägt schneller. Denn das ist doch der Mann, der uns vorher in meiner Straße auf seinem Fahrrad mit Anhänger überholt hat. In diesem Anhänger, der eigentlich für Kinder gedacht ist, saß ein Husky. Wir sehen in der Ferne, dass er gerade den Hund aus dem Anhänger befreit und laufen lässt. Aber --- der Hund bleibt stehen und sieht zu mir herüber. „Das gibt es doch gar nicht!", denke ich, „wir sind doch viel zu weit weg!" Aber tatsächlich! Er schaut zu mir herüber. Ich flüsterte: „Na, komm her!" Er kann es nicht hören, aber wie auf Kommando läuft er los, biegt um die Ecke und rast genau auf mich zu. Er springt an mir hoch, dann lehnt er sich gegen mein Bein, und ich streichle ihn. Wir spielen ein bisschen miteinander. Sein Herrchen erreicht die Ecke, und ich rufe ihm zu: „Wie heißt er?" Seine Antwort: „Zeus." Ich bin begeistert von der Schönheit und dem lieben Wesen dieses Hundes.

Schließlich ist sein Herrchen bei uns. Wir kommen ins Gespräch und erfahren, dass Zeus viereinhalb Monate jung ist. Die tierliebe Ausstrahlung seines Herrchens macht ein Gespräch über Hunde zu einem Glücksmoment an diesem Sonntag. Ich sage zu dem jungen Mann: „Ich liebe Hunde über alles", und er sagt lächelnd: "Ja, das merkt er. Das macht er nicht bei jedem." Ich staune: „Und über so eine weite Entfernung hinweg? Welch ein Rätsel!"

Dann ruft das Herrchen: „Zeus, komm!" und schiebt sein Fahrrad mit Anhänger voran, aber Zeus denkt gar nicht daran zu folgen. Er bleibt bei mir und schaut mich immer wieder mit seinen lieben, blauen Augen an. „Ob er mir etwas sagen will?" Ich denke mir etwas aus.

Dann gebe ich Zeus einen kleinen Schubs, und diese Liebe auf vier Pfötchen sprintet davon.

Mein Lebensgefährte sagt: „Unglaublich, dass du immer wieder so etwas erlebst!" „Ja", bestätige ich amüsiert, „mein Mann sagte immer, in einem früheren Leben sei ich ein Hund gewesen." Mag ja sein…

Am Abend schreibe ich sofort dieses Erlebnis auf und plane, es in mein nächstes Buch zu nehmen. Bedauernd sage ich zu meinem Lebensgefährten: „Wie schade, dass ich das Herrchen nicht nach seinem Namen gefragt habe. Dann hätte ich ihm diese Geschichte schicken können." Warum ich so gedacht habe, weiß ich nicht genau, aber irgendwie hatte ich das Gefühl, dass dieses Erlebnis noch kein Ende gefunden hatte.

Am nächsten Tag, also am Montag, gönne ich mir ein Eis in einer Eisdiele in der Innenstadt. Immer wieder sehe ich diesen lieben, lebhaften Hund vor mir.

Dann schlendere ich zu meinem Auto zurück. Plötzlich höre ich hinter mir eine Stimme: „Hallo Ute!" Ich drehe mich um und sehe eine Bekannte, die in einem Fischrestaurant arbeitet, wo ich regelmäßig den leckeren Fisch genieße. Sie wohnt in meiner Nachbarschaft, aber wir haben uns hier noch nie gesehen. Gerade an diesem Tag! Sie fragt mich: „Bist du gestern mit deinem Freund im Feld spazieren gegangen?" Ich antworte: „Ja, hast du mich gesehen?" Sie sagt: „Nein, aber mein Freund, der mit seinem Hund auch da spazieren gegangen ist."

Ich kann es kaum glauben! Ihr Freund ist das Herrchen von Zeus!

Haben Gedanken Kräfte? Nun kann ich ihm meine Geschichte schicken. Irgendwie hat dieses zauberhafte Erlebnis jetzt ein Happy End gefunden. Zeus hat es bewirkt. Nun, der Name Zeus ist ja auch der Name eines Gottes.

Denn die Freude, die wir geben...

Text von Ute Coltzau, Bild von Dirk Scheerle

Zerknitterte Gesichtszüge... Zeichen von Frust oder Kummer. Ein Leuchten in den Augen... Zeichen von Freude oder Glück. Bei Menschen. Bei Hunden ist das Schwanzwedeln das Zeichen für Freude. Ich kenne zwei Hunde, die sich ständig freuen, egal, wo man ihnen begegnet. Beide spiegeln ihre Umgebung wider, eine harmonische Familie.

Dieses Leuchten entdeckte ich in den Augen einer alten Dame, die sich in einem Eiscafé an meinen Tisch setzte. Und das Schwanzwedeln an ihrem wuscheligen kleinen Hund, der vielleicht Lust auf Eis hatte. An diesem sonnigen Spätsommernachmittag waren alle Tische besetzt, nur an meinem war ein Stuhl frei. Die Dame fragte höflich: „Darf ich mich zu Ihnen setzen?" Ich sagte ja und sah, wie der Hund sich auf dem Boden ein Plätzchen suchte. Dann schaute er mich lieb an. Was für ein Blick! Er kannte mich doch gar nicht.

Ich hatte meinen Cappuccino bereits bezahlt und wollte eigentlich gehen, aber ich konnte mir nicht verkneifen, dieses süße Tierchen zu streicheln, was es willig geschehen ließ und immer näher an mich heran rutschte. „Das ist Suse", stellte die Dame ihren Liebling vor, „sie kommt aus dem Tierheim und ist richtig lieb."

Damit begann ein reizendes Gespräch über Hunde. Ich erzählte, dass ich Hobbyautorin bin und dass in jedem meiner Bücher ein Kapitel über Hunde zu lesen ist, weil ich „Hundeflüsterin" bin. Schließlich lud mich die Dame ein, sie mal zu besuchen. Ich zückte meinen Fineliner, um ihre Telefonnummer zu notieren. Da rief sie erstaunt aus: „Oh, gibt es diese Stifte noch! Das wusste ich gar nicht." Ich schenkte ihr meinen Stift. Ihre Augen strahlten. Meine immer, wenn ich Suse in die Augen sah.

Bald war es Zeit für mich zu gehen. Da kam mir plötzlich eine Idee. Weil ich sowieso in einem Schreibwarengeschäft etwas besorgen musste, beschloss ich, der Dame ein paar Fineliner zu schenken.

Sie saß noch immer in der Eisdiele; erleichtert sah ich ihren Rücken. Langsam schlich ich mich an, passte auf, dass ich Suse nicht trat, und legte ihr zwei Fineliner in die Hände. Dann verschwand ich ohne Worte. Das Leuchten in ihren Augen werde ich niemals vergessen.

Ich hatte versprochen, ihr mein letztes Buch, „Traumhaft", zu schenken. Mit einer Widmung als Dankeschön für eine spontane, entzückende Begegnung schickte ich es ihr.

Ihr Dankesbrief war ein Beispiel für Freude und Glück und, wie mir schien, eine Erlösung von Einsamkeit. Ein Leuchten.

Ja, Freude...

„kehrt ins eig'ne Herz zurück."

Auf den Hund gekommen

Text und Bild von Dirk Scheerle

Eines Tages saß Ute in ihrem Wohnzimmer und hörte sich ihre Lieblingsmusik an.
Dabei genoss sie es, über ihr Handy ihren vielen Freundinnen und Freunden zu schreiben. Auf einmal klopfte und kratzte es an ihrer Wohnungstür. Irritiert stand Ute auf und ging ganz vorsichtig in Richtung der Geräusche, welche sie in dieser Art nicht kannte. Sie drückte ihr Ohr an die Wohnungstür und war völlig verwirrt.
`Was war das denn nur da draußen,´ dachte sie und öffnete ganz vorsichtig die Tür um einen kleinen Spalt. Auf einmal drückte diese sie beiseite und ein Rudel von Hunden stürmte freudig bellend und den Schweif wedelnd ihre Wohnung. Ute konnte es gar nicht fassen. Alle Hunde rannten zielstrebig in ihr Wohnzimmer und setzten sich dort erwartungsvoll vor ihren Lieblingssessel. Nicht nur, dass sie alle Hunde kannte, welche dort Platz genommen hatten. Diese Fellnasen wussten auch ganz genau, wo ihre Hundeflüsterin gerne saß uuuuuuuuuuund: dass sie stets Leckerlies bereit hatte.
Die kesse Beagledame Lotte bellte Ute natürlich sofort an und neigte dabei ihren Kopf als wenn sie sagen wollte:
`Nun los, rück schon raus mit dem Hundeschmaus!´
Natürlich konnte Ute bei diesem Hundeblick nicht widerstehen und verteilte großzügig an alle Fellnasen ihre kleine Belohnung für den überraschenden Besuch.
Glücklich und zufrieden ließen sich die Vierbeiner noch auf ein Gruppenbild ein und verließen laut bellend und Schweif wedelnd Utes Wohnung.
Sie selber musste erst einmal wieder Platz nehmen und über das eben Geschehene nachdenken... `Was war das denn eben... ein Traum?´ Sie sah um sich und entdeckte noch die Leckerlikrümel sowie hier und da die Hundehaare. `Aha! Also doch kein Traum!´, konnte sich Ute nun sicher sein und schickte ein Stoßgebet des Dankes nach oben.
Und wenn wir gelegentlich einmal auf besondere Geräusche an unserer Wohnungstür lauschen... wer weiß, ob sich vielleicht Fellnasen dahinter verbergen ;-)

Der verstockte Weihnachtsmann

Text von Ute Coltzau, Bild von Dirk Scheerle

Die Frau des Weihnachtsmannes stand in der Küche und backte Plätzchen. Es duftete verführerisch im ganzen Haus, und sie freute sich darauf, sie ihren Mann probieren zu lassen. Denn er war in der letzten Zeit oft schlecht gelaunt. Er ärgerte sich darüber, dass die Kinder, wenn sie ihn sahen, immer riefen: „Du bist gar kein Weihnachtsmann! Den gibt es gar nicht. Du bist ein verkleideter Opa. Geschenke werden heute online bestellt."

Plötzlich flogen kleine Elfen in die Küche. Sie fragten die Frau: „Dürfen wir helfen?" „Oh, ja, gerne!", freute sich Frau Weihnachtsmann, denn sie liebte die kleinen Wesen, die immer einen kleinen Schabernack in ihren Köpfchen hatten. Sie hatte ein liebevolles Herz und betrachtete die kleinen Elfen als ihre Kinder. Sie hatte immer Kinder gewollt, aber es hatte nie geklappt. Schnell machten sich alle ans Werk und backten Plätzchen nach ihrem Geschmack, kleine Engel, aber auch liebe Teufelchen, die schelmisch lachten. Einige probierten sie auch, so dass Krümel auf den Fußboden fielen.

In diesem Moment betrat der Weihnachtsmann die Küche. „Was zum Teufel ist das?", grummelte er böse. „Solche hässlichen Plätzchen werde ich hier nicht los. Kein Kind will sowas. Und dann diese vielen Krümel!" Er ärgerte sich aber auch darüber, dass diese Elfen so oft bei seiner Frau herumgeisterten. Er mochte nämlich keine Kinder mehr. Die Zeiten waren vorbei!
„Ach, lass doch!", beruhigte ihn seine Frau. „Schau doch mal genau hin!" Sie sah ihn liebevoll an, und da öffnete er sein Herz, und seine Augen sahen plötzlich eine wunderschöne Elfe in der Mitte der Küche stehen. Ein goldenes Licht umfloss sie, und sie hielt einen glitzernden Zauberstab in ihrer Hand. Den schwang sie ein paarmal hin und her, und nun sah der Weihnachtsmann viele liebliche Elfen in bunten Kleidern um sie herumschweben, und jede hielt ein wunderschön geformtes Plätzchen in der Hand. Der Weihnachtsmann rieb sich die Augen, denn da waren Sterne, Engel, Kerzen. "Seltsam!", dachte er, „das habe ich so noch nie gesehen!" „Ja," sagte die Elfe, die plötzlich die Stimme seiner Frau hatte.

„Auf das Sehen kommt es an. Dein verstocktes Herz hat alles böse und hässlich gesehen. Aber nun hast du dein Herz geöffnet, und die LIEBE bestimmt, was du siehst. Alles ist schön, alles ist LIEBE," „Ja," freute sich der Weihnachtsmann, „diese Plätzchen bringe ich jetzt den Kindern in der ganzen Welt."

Glücklich stapfte er in den Winter hinaus. Und siehe da! Die Kinder kamen herangelaufen und riefen: „Der Weihnachtsmann ist da! Und was für schöne Plätzchen er hat!"

Und in der Ferne erschien ein Leuchten, das Lächeln der großen Elfe.

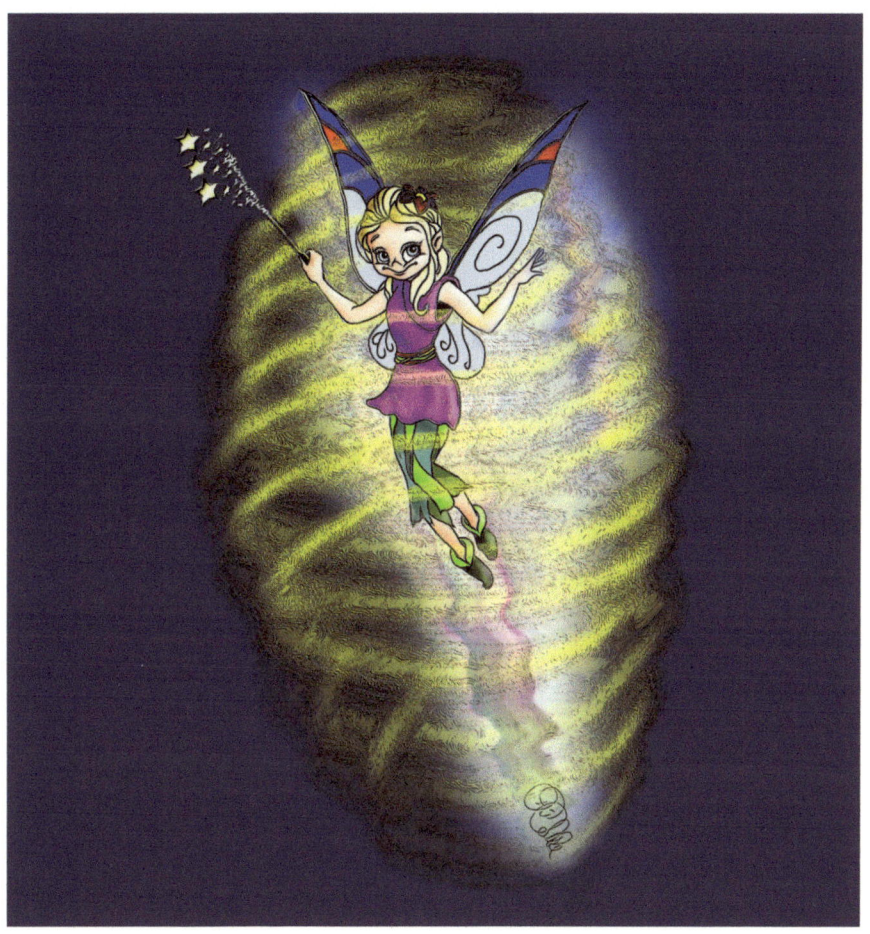

Die Brockenhexe Walpurgis

Text von Ute Coltzau, Bild von Ute Rommel, 14 Jahre

Es war einmal eine ganz, ganz bitterböse Hexe. Sie war schlimmer als die Hexe, die im Märchen Hänsel und Gretel fressen wollte. Diese Hexe hieß Walpurgis. Sie hatte eine hässliche, gebogene rote Nase, und darauf saß ein hässlicher schwarzer Furunkel, einfach ekelhaft. Walpurgis hauste auf dem Brocken. Das ist ein Berg im Harz. Wo genau sie wohnte, wusste keiner im Dorf. In einer Höhle? In einem Haus? Jedenfalls traute sich keiner mehr auf den Brocken, nicht einmal die Touristen.

Diese Hexe hatte nämlich eine ganz bestimmte furchtbare Vorliebe. Sie verzauberte kleine Mädchen, wenn ihr welche in die Hände fielen. Sie verwandelte sie in Fingerpuppen und setzte sie sich auf die Finger. Dann beschimpfte und bespuckte sie sie, und die kleinen Wesen konnten sich nicht wehren und mussten ständig in ihre hässliche Fratze starren.

Wenn Walpurgis ins Dorf ging, um einzukaufen, stand das Leben im Dorf still. Alle Menschen versteckten sich in ihren Häusern und spähten heimlich durchs Fenster, um sie schaudernd zu sehen. Der Schulleiter schloss die Türen der Schule, und die Kinder durften nicht in die Pause hinaus.

Walpurgis umschwebte ständig ein Gestank von Schwefel, und so konnten die Dorfbewohner von vornherein erkennen, wann sie unterwegs war. Dann blitzte und donnerte es über dem Dorf, und alle verkrochen sich, sogar die Hunde und Katzen. Alle hatten Angst vor ihr, natürlich besonders die Kinder.

Auch die Besitzerin des kleinen Dorfladens Frieda zitterte wie Espenlaub, wenn Walpurgis den Laden betrat. Friedas Laden war der einzige im Dorf, und deshalb ging Walpurgis da einkaufen. Sie kaufte nur eins, viele Eier.

Zu Frieda aber war Walpurgis freundlich. Das lag daran, dass Frieda eine Tochter hatte, Susanna. Sie war ein liebes kleines Mädchen, rein und schön wie ein Engel. Walpurgis hatte schon einige Male versucht, Susanna in ihre Gewalt zu bringen, sie zu verzaubern, aber es war ihr nie gelungen. Frieda konnte sich das nicht erklären, aber Walpurgis wusste es. Susanna kannte nämlich keine Furcht. Gerade das hatte Walpurgis gereizt, es wieder und wieder zu versuchen. Walpurgis kam nur in den Laden, wenn Susanna in der Schule war.

Am letzten Donnerstag war Walpurgis wieder unterwegs. Die Schule war früher aus, und Susanna war schon zu Hause, als Walpurgis den Laden betrat. Gerade an diesem Tag hatte sie beschlossen, einen letzten Versuch zu starten, Susanna zu verzaubern. Sie hatte eine kleine Puppe auf

Marie Matz, 8 Jahre

47

ihren linken Zeigefinger gesetzt, um Susanna Furcht einzujagen, und sie hielt ihr die Puppe direkt vors Gesicht.

Da standen sie sich nun gegenüber. Frieda sprang blitzschnell unter den Ladentisch. Da sagte Susanna ruhig. „Walpurgis, ich habe keine Angst vor dir. Ich kann ganz tief in dein Herz sehen. Du hast einen guten Kern und willst gar keine Hexe sein." Die Luft im Laden stand still. Und plötzlich brach Walpurgis in heftiges Schluchzen aus. Sie schluchzte so heftig, dass die Regale im Laden wackelten. Sie hörte gar nicht wieder auf. Da legte ihr Susanna die Hand auf die Schulter und streichelte liebevoll und ganz zart ihren Hals.

Da wurde Walpurgis' Gesicht plötzlich ganz glatt und schön, sie stand gerade da und sagte: „Jetzt verstehe ich, warum ich eine Hexe geworden bin. Meine Eltern waren gestorben, und ich lebte in der Obhut meiner Großmutter. Keiner wusste, dass sie eine Hexe war. Ich auch nicht, aber ich merkte, dass ihr Zauber mich langsam in eine Hexe verwandelte, bis ich gar nicht mehr wusste, wer ich in Wirklichkeit war.

Deine Reinheit, Susanna, hat mich erlöst! Ich danke dir!"

Helles Licht fiel in den Verkaufsraum, die Fenster sprangen von selbst auf, und frische Luft flutete in den Raum. Das ganze Dorf war auf den Beinen, die Touristen strömten auf den Brocken, und Fröhlichkeit erfüllte das Dorf. Walpurgis sagte: „Die Fingerpuppe... das bin ich. Ich musste mir immer selbst ins Gesicht sehen. Es war keine Freude, es war eine Qual. Mein wahrer Name war Walburga."

Susanna jubelte und trat mit der glücklichen Frieda und Walburga vor die Tür. Da rannte ein kleiner Junge vorbei und fragte: „Wo ist denn die Hexe?" Die vielen Menschen auf der Straße riefen: „Was denn für eine Hexe? Hier gab es nie eine Hexe."

Walburga lächelte. Erlöst.

Magische Elfenwelt

Text und Bild von Dirk Scheerle

Während meiner Touren auf Island stellte ich immer wieder die besondere Beziehung der Isländer zu den Elfen fest.

Ich bin selber nicht abergläubisch und eher christlich geprägt, aber ich gebe zu, dass ich zunehmend von der mystischen Ausstrahlung dieser seit Hunderten von Jahren lebensbeeinflussenden Magie auf das hiesige Völkchen beeindruckt bin.

Ich mache mich daher auf, diese mystische Insel zu erkunden.

Vielleicht liegt es an der Empfänglichkeit für parapsychologische, mystische und religiöse Dinge, vielleicht auch an der besonderen Sensibilität für Ereignisse, dass ich folgendes erlebe...

Ich habe das Glück, den Geländewagen eines Kollegen mit Snowmobil auf der Ladefläche für meine geplante Tour nutzen zu können.

Ich bin bereits einige Zeit Richtung Osten unterwegs, die Sonne scheint mit einer sagenhaften Intensität und bereitet mir zunehmend Freude an dieser Tour.

Die Kristalle glitzern in der Luft, die vor Kälte klirren.

Ich lege eine kleine Pause ein, um die Landschaft auf mich wirken zu lassen, als ich auf einmal ein leichtes brummendes, beinahe eher sirrendes Geräusch höre.

Irgendetwas Fliegendes nehme ich wahr und versuche zu erkennen, was es ist. Irritiert von der Situation blicke ich auf das herumschwirrende Etwas, welches mich umkreist und immer dichter kommt.

Nach einer Weile gelingt es mir, Einzelheiten zu erkennen und bin so etwas von fassungslos. Aus der Märchenwelt bekannt, aber nie für real erachtend, fliegt tatsächlich genau vor mir eine Elfe. Es haut mich aus meinen Boots geradewegs in den Schnee.

Wie ein Käfer auf dem Rücken liegend, paralysiert und zu keiner Bewegung fähig sehe ich mich wehrlos diesem Geschöpf ausgesetzt, welches über mir flattert und ein Lächeln auf seine Lippen zaubert.

Nun bin ich völlig verwirrt... da sirrt dieses kleine Wesen über mir, zieht ihre Kreise und versucht ständig, mir etwas zu signalisieren...

Ich brauche eine ganze Weile, bis ich wieder zu mir komme, mich aufzurichten und versuchen kann, die Orientierung wiederzufinden.

‚Dirk,' denke ich, ‚Du hast nichts getrunken, Du bist im Vollbesitz deiner geistigen Kräfte... WAS IST DAS ?

Und „Schwirri" wedelt weiterhin mit ihren kleinen Händchen, um mir anzudeuten, ihr zu folgen.

Was soll das Ganze... DAS hier !!!!!

Ich rapple mich auf, setze mich in den Geländewagen, lasse den Motor an und diese... *tja*, *hm* Elfe da fliegt vor mir her.

Ich folge ihr misstrauisch, mit einem eigenartigen Gefühl in der Magengegend und habe auf der anderen Seite seltsamerweise die Gewissheit, ihr folgen zu dürfen...

Nach vielen Kilometern, die Sonne scheint immer noch intensiv am Horizont, gelangen wir (WIR?????) an einen Ort, der mich so etwas von sprachlos werden lässt... Kunststück, mit wem soll ich auch reden, aber noch nicht einmal zu Selbstgesprächen bin ich fähig...

Hier scheint das Reich einer Elfe zu sein... aber warum???

Ich hole meinen Fotoapparat aus dem Wagen und zeige ihn beinahe ehrfürchtig dem kleinen Wesen.

Sie schwirrt um mich herum, schaut auf den metallenen, kleinen Kasten und nickt... mit Augenzwinkern... Damit weiß ich, dass DIES ein Geheimnis bleiben muss... für mich... und für diese Elfe...

Nun wird mir einiges klar.

„Dirk, Du Narr, DIES ist ein Geschenk, eine weitere Erfahrung..."

Ich werde aus meinen Gedanken gerissen, weil die kleine Elfe mit einem Flügel an meiner Wange entlang streift und mich aufzufordern scheint, IHR Reich zu erkunden.

Ich setze mich in Bewegung, mache meinen Fotoapparat klar, halte die Eindrücke ihres Reiches fest und komme aus dem Staunen nicht mehr heraus.

Nach einigen Stunden beende ich völlig entgeistert, verwirrt und immer noch ungläubig meinen Rundgang.

Mein Blick scheint alles zu verraten, denn die kleine Elfe schwirrt nun direkt vor meiner Nase, hält mir ihr Gesicht schief entgegen, schaut mir tief in die Augen und gibt mir zu verstehen, in ihrem Reich zu übernachten.

Tatsächlich ist es mittlerweile dunkel geworden und ich will nicht eine schwierige Rückfahrt riskieren, zumal ich nicht weiß, mit welchem Wetterumschwung ich rechnen müsste. Also „willige" ich ein und bleibe.

Die kleine Elfe zeigt mir, wo ich übernachten kann und zieht sich höflich zurück...

Ich lege mich hin, mummle mich ein und falle sehr schnell in einen tiefen, so schönen Elfentraum, von dem ich erst erwache, als mich die kleine Elfe wecken muss...

Ich mache mich fertig, esse eine Kleinigkeit aus meinem mitgeführten Proviant, während die kleine Elfe ständig vor mir schwebt, die zarten Flügel bewegend und abwartend.

Als ich bereit bin zum Aufbruch... sirrt das kleine Wesen vor mir her und wartet, bis ich im Geländewagen sitze und startklar bin.

Die Sonne scheint ihre Intensität zum Vortag erhöht zu haben, um das Erlebte zu unterstreichen.

Das Märchenwesen lotst mich bis zu der mir vertrauten Stelle, die mir Ewigkeiten entfernt erscheint.

Ich halte an, steige aus und breite meine rechte Hand aus. Die kleine Elfe scheint zu verstehen, kommt näher geflogen, stellt sich auf die Hand, was ich kaum bemerke und eine unendliche Weile lang sehen wir uns sehr tief in die Augen.

Dann bewege ich meine Hand vorsichtig und ehrfürchtig von mir weg und warte, bis sie davonfliegt, in den blauen Himmel, immer weiter, bis meine Augen sie nicht mehr wahrnehmen können.

Völlig gerührt, ergriffen, fassungslos, verwirrt und ergeben setze ich mich in den Geländewagen und bleibe noch eine ganze Weile an diesem Ort, in Gedanken versunken.

Ich mache mich auf die Heimfahrt, der untergehenden Sonne entgegen, allein mit mir und meinen Gedanken...

Diese Geschichte schrieb ich in Deutschland im Winter 2008, der ich noch nie auf Island gewesen bin...

Möge der Zauber dieser Insel euch noch tiefer berühren.

Luftballon mit Herz

Text von Oma Ingeborg

Arne ist mal wieder bei seinen Großeltern in Riehe zu Besuch. Wir schreiben das Jahr 1977, und der Junge ist zweieinhalb Jahre alt.

Sein Opa fährt mit ihm nach Bad Nenndorf, denn ein Geldinstitut dort hat einen Luftballonwettbewerb für Kinder ausgeschrieben. Arne möchte unbedingt einen Luftballon auf die Reise schicken. Viele andere Kinder, die auch mitmachen wollen, sind schon da. Arne sucht sich einen roten Luftballon aus und denkt: „Der fliegt in den Himmel." An jedem Luftballon wird eine Karte mit dem Namen und der Adresse des jeweiligen Kindes befestigt.

Dann geht es los. Auf Kommando lassen alle Kinder gleichzeitig das Band los und rufen ihrem Luftballon laut „Gute Reise!" hinterher... im Herzen viele bunte Wünsche.

Lina, 9 Jahre

54

Einige Zeit später klingelt der Postbote an der Tür und fragt nach Arne. Er gibt ihm eine Karte aus Norwegen. Sie kommt von einer Familie aus einem Ort, der 876 km von Riehe entfernt liegt.. Arnes Großeltern können es kaum glauben und erzählen Arne, dass sein Luftballon sooooo weit geflogen ist.

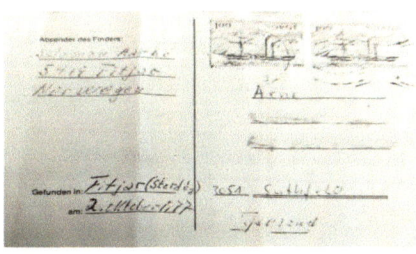

Noch am selben Tag fährt der Opa mit dem Jungen zu dem Geldinstitut, und Arne zeigt dem Bankangestellten stolz seine Karte. Der ruft aus: „Was?! Dein Luftballon ist bis nach Norwegen geflogen! Das ist ja toll! Die Luftballons der anderen Kinder sind auch weit geflogen, sie sind aber in Deutschland geblieben. Du, Arne, bist der Sieger des Wettbewerbs!"

Er geht in sein Büro und überreicht dem glücklichen Kind den ersten Preis, ein Holzpuzzle mit Bauernmotiven. Arne strahlt und ruft: „Ich bin Sieger!"

Arnes Großeltern setzen sich gleich hin und schreiben eine Karte an die Familie in Norwegen. Sie bedanken sich und schreiben, dass ihr Enkelkind sich riesig gefreut hat und Sieger geworden ist. Eine Antwort bekommen sie leider nicht.

Das Puzzle existiert heute noch. Viele Kinder haben damit gespielt. Und zuletzt, nach fast 40 Jahren, Arnes Kinder Lina (9) und Wim (5).

Utes kleiner Crash

Text von Ute Coltzau und Dirk Scheerle, Bild von Dirk Scheerle

Eines Tages war es wieder soweit. Ute musste zur Behandlung ihre Freundin und Heilpraktikerin Bärbel aufsuchen. Mit ihrem blauen Ignis fuhr sie los. Auf dem Parkplatz suchte sie sich eine Parklücke. Es schien zu diesem Zeitpunkt viel los zu sein. Daher brauchte Ute eine Weile, bis sie ein freies Plätzchen fand. Selbstbewusst fuhr sie in die Nische, als sie plötzlich ein komisches metallenes Geräusch hörte. Ute malte sich schon aus, dass ihr Ignis offensichtlich gegen etwas gefahren war und nun total verknautscht aussehen musste. Ihr Auto war noch ziemlich jung und noch so toll blau glänzend. Ute schmerzte der Gedanke, ihren Neuling nun demoliert zu haben.

Sie stieg mit zitternden Beinen aus und ging ganz langsam und auf alles gefasst an die Stelle, von der das Geräusch herkam. Und sie traute ihren Augen nicht. Sie hatte tatsächlich einen anderen Wagen touchiert! Die Folge:

einige Kratzer an dem anderen Fahrzeug, aber an ihrem nur zwei kleinere. Dankbar ein Stoßgebet entsendend, rief Ute Bärbel heraus und bat sie, die Polizei anzurufen.

Am Telefon war eine nette Polizeibeamtin, welche Frau Zöllner hieß. Sie sagte zu Ute, dass es völlig ausreiche, wenn sie nach der Behandlung durch die Heilpraktikerin zum Polizeikommissariat kommen würde.

Das geschah. Ute war ganz aufgeregt und fragte sich angstvoll, was für ein Donnerwetter und welche Papierflut Frau Zöllner wohl über ihrem zerknirschten Haupt ausgießen würde. Utes Nerven sind nämlich nicht die stärksten, leider. Aber nichts dergleichen geschah!

Die Polizistin setzte sich zu Ute, bot ihr einen Tee an und hörte zu, was Ute mit sich überschlagender Stimme zu berichten hatte. Und sie hörte ganz geduldig zu! Langsam wurde Ute ruhiger und ruhiger, und nun erklärte Frau Zöllner ihr, wie es weitergehen würde. Papierkram würde es geben... für Ute, aber mehr noch für die Geschädigte, was Ute unendlich leidtat.

Zwischen Frau Zöllner und Ute war eine „gleiche Welle" entstanden. Und als Ute sich verabschieden wollte, fragte sie spontan, wie Frau Zöllner zur Polizei gekommen war, denn sie schien noch sehr jung zu sein. Ute hat nämlich seit jeher viele Freunde bei der Polizei, und sie interessiert sich sehr für diesen Beruf.

Frau Zöllner erzählte, dass sie fünf Kinder habe, was sehr schön, aber auch nicht gerade einfach sei. Ute dachte bewundernd: „Was für eine tolle Frau! Sie muss arbeiten!" Einer spontanen Eingebung folgend – Ute ist nämlich eine Meisterin in Geistesblitzen – bat sie Frau Zöllner: „Bitte nennen Sie mir die Adresse Ihrer Chefin. Sie muss wissen, wie nett Sie zu mir waren."

Frau Zöllner freute sich sehr, und Ute – wieder spontan einer Idee folgend – sagte: „Ich schreibe Bücher, und mein Illustrator ist auch bei der Polizei, er ist Polizeiphantombildersteller, und wir würden uns freuen, wenn Sie eins kaufen würden. Hier sind ein paar Flyer."

Und so geschah es. Ute rief die Chefin im Nachbarort an und lobte Frau Zöllner. Die Chefin freute sich sehr und versprach ebenfalls, eins von Utes Büchern zu kaufen.

Ein Dankgebet zum Tagesausklang war für Ute sehr wichtig.

Die Abwicklung des Unfalls mit der Geschädigten verlief auch sehr harmonisch.

So wurde Utes kleiner Crash unerwartet zu einem menschlich warmherzigen Erlebnis, eben zu einem Erlebnis der anderen Art.

Empfehlung
Ute Coltzau & Dirk Scheerle – Traumhaft

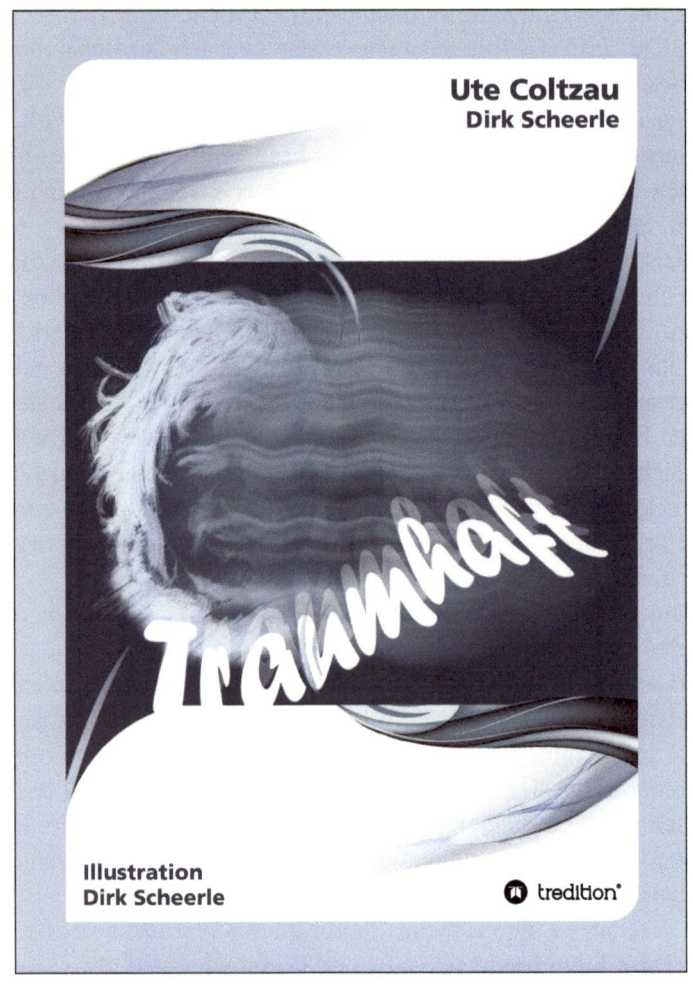

Paperback: ISBN 978-3-347-35781-5
Hardcover: ISBN 978-3-347-35782-2
E-Book: ISBN 978-3-347-35783-9

Empfehlung
Ute Coltzau – Meeting mit mir selbst

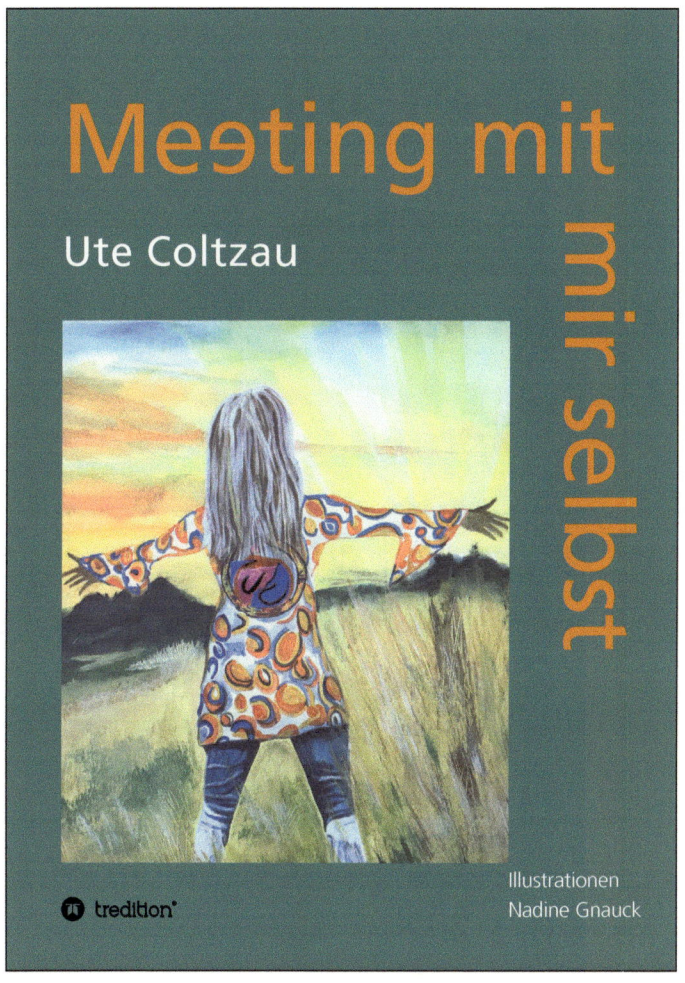

Paperback: ISBN 978-3-347-12494-3
Hardcover: ISBN 978-3-347-12495-0
E-Book: ISBN 978-3-347-12496-7

Empfehlung
Ute Coltzau – Sprung zum Regenbogen

Paperback: ISBN 978-3-7497-7903-1
Hardcover: ISBN 978-3-7497-7904-8
E-Book: ISBN 978-3-7497-7905-5